廉颇老矣 尚能饭否?

啜天地间雨露 酿造成心灵的滋养

石英 著

石英诗歌新作选

SHIYING SHIGE XINZUOXUAN

线装书局

图书在版编目（CIP）数据

石英诗歌新作选 / 石英著 . -- 北京：线装书局，
2015.11
 ISBN 978-7-5120-2011-5

Ⅰ.①石… Ⅱ.①石… Ⅲ.①诗集—中国—当代
Ⅳ.① I227

中国版本图书馆 CIP 数据核字 (2015) 第 259325 号

石英诗歌新作选

作　　者：	石　英
责任编辑：	程俊蓉
封面设计：	王文龙　白　晨
出版发行：	线装書局
	地　址：北京市西城区鼓楼西大街41号（100009）
	电　话：010-64045283（发行部）　64045583（总编室）
	网　址：www.xzhbc.com
经　　销：	新华书店
印　　制：	北京天正元印务有限公司
开　　本：	880mm×1230mm　1/32
印　　张：	6.5
字　　数：	80千字
版　　次：	2015年11月第1版第1次印刷
印　　数：	0001－2000 册
定　　价：	28.00元

简短前言

廉颇老矣
尚能饭否?
啜天地间雨露
酿造成心灵的滋养

新的人生体验
新的精神境界
不断使意象变换队形
梦里亦为新作排兵布阵

嚼别人嚼过的馍没味道
嚼自己嚼过的馍也没味道
与其回头赏看自己的足迹
还不如拨开前路带刺的蒺藜

廉颇老矣
尚能新否?
生命不息,创造不止
求新路上与呼吸同步

目 录

简短前言 ································· 1

天地正气

天地情感 ································· 3
孙中山（组诗三首）······················· 5
 翠亨村 ······························· 5
 作为医生 ····························· 7
 武昌枪声之后 ························· 9
伍豪与海河 ······························ 11
重读赵一曼示儿信 ························ 13
叙永深情（组诗三首）···················· 15
 鸡鸣三省 ···························· 15
 石厢子——石箱子 ···················· 16
 校园赠书 ···························· 18
走在大路上 ······························ 20
消防战士的心语 ·························· 22
追凶没有尽头 ···························· 23

久别故乡

情感故乡……………………………………27
田野与海市蜃楼……………………………29
我与玉簪花一同长大………………………32
故乡是我心中的画…………………………34
大娘的小看儿………………………………36
村边纳凉的苇席……………………………38
回乡心潮……………………………………40
仍然渴望春雨………………………………42
没找到父母…………………………………44
我曾在那里落过脚…………………………46
笑窝里的甜酒………………………………48
固执…………………………………………50

难忘军旅

谈判年月……………………………………55
战争中没有小孩……………………………57
一个对一千个………………………………59
从乡村土台子起步…………………………61
夜岗…………………………………………63
半句话………………………………………64
脸红与天红…………………………………66
重会攻城爆破口……………………………68
我见过他，但没对话………………………70

应对袭击	72
跟随司令员进城	73
过时的"机密"	74
一位著名文工团员	76
战友睡在三八线上	78

诗解史艺

四大名著及其作者（组诗）	83
一段燃烧的历史与一部书	83
《水浒》开卷"逼"字当头	85
血泪滴成的八十回	86
射阳山人自书中飞升	88
国粹（三首）	90
书法	90
京剧	92
中医·中药	94
包拯在肇庆	97
项羽	99
虞姬	101
牛郎织女的传说	103
梁祝情缘别思	105
诗仙与济宁太白楼	107
仙女湖：万年桥残留	109

爱的密码

"爱"字密码 ………………………………………… 113
"情山爱水"仙女湖 ……………………………… 115
感觉 ………………………………………………… 116
十年 ………………………………………………… 118
梦就是梦 …………………………………………… 119
距离 ………………………………………………… 120
沧桑 ………………………………………………… 122
一夜 ………………………………………………… 124
市河冬钓 …………………………………………… 126
连心锁 ……………………………………………… 127
深海浪花 …………………………………………… 129
秦岭道上奔女石 …………………………………… 130
老未老 ……………………………………………… 131
接站 ………………………………………………… 132
一场春雨和一柄雨伞 ……………………………… 134
什么也不知道 ……………………………………… 135
有些感觉是虚拟的 ………………………………… 137
短信和振铃 ………………………………………… 138
她说她胖了 ………………………………………… 140
痒痒挠的玄机 ……………………………………… 141
无奈的手机 ………………………………………… 142
石片与水漂 ………………………………………… 144
爱与血 ……………………………………………… 146
小城雨夜 …………………………………………… 147

换装 …………………………………… 148
"火炉"与冰柜 …………………… 150
离婚问题 ………………………… 151
热恋中人语 ……………………… 153
最精简的短信 …………………… 154

自然人生

钱江潮 …………………………… 157
丹霞山阳元石 …………………… 159
龙虎山羞女岩 …………………… 161
可可西里，一只孤独的藏羚羊 … 163
湟水诗意 ………………………… 165
青海菜花 ………………………… 167
胡杨林 …………………………… 169
我在沙刀上行走 ………………… 171
秋分 ……………………………… 173
城市遭遇特大暴雨（组诗三首）… 175
  两小时——半年的降雨量 … 175
  抢救现场所见 ……………… 176
  无名高地 …………………… 176
我的饮酒史（三首）……………… 178
  酒香诱我 …………………… 178
  死命令：滴酒不沾 ………… 179
  "吻酒" ……………………… 181
隐去的晨星 ……………………… 182

你是谁…………………………………………… **185**
当我刚懂得辨别…………………………………… **188**

大雪中的人生（代后记）………………………… **191**

石英诗歌新作选

天地正气

天地情感

何为天？那就是——
人间正气和创造力能够达到的境界
何为地？那就是——
双脚踏得坚实风雨难摧的基石

凡有人迹的地方，就有
各种形态各种色调的情感
凡有情感活动的所在
就能搭建千变万化的舞台

天地情感包容八方流贯千载
历史、地理、文学，过去和现在
只要励志创造就要付出心血
只要有正义与邪恶就有不同气脉

天地情感，不只是男女间的喁喁私语
大到航天员空间协同，小到列车中义务助产
长及十载同窗，短若电光石火

只要碰撞过,感动过,都是缘

天地情感有时很柔细
或如江南三月,小巷嫩雨
天地情感又不乏历险
或如在决堤口洪峰里抢出安全

孙中山
（组诗三首）

翠亨村

翠亨村秀丽平和
没有一点肃重的王气
犹似本村一位成员性格
少怀大志
却无意黄袍加身
只希望中山装的纽扣
反射出太阳的本来光色

他呱呱坠地的年代
毛虫正蛀蚀中国版图
香港、澳门如两团乌云
扑向南窗一片昏暗
北风将"天京"余烬的灰腥
送入襁褓中男婴的鼻息
北风南云都在低声呼唤
——孙文

风云呼唤中成长
小村却并不寂静
姐姐缠足的痛楚,伴着
打更的梆子声直到天明

平生第一次抗议的对象是母亲
敢对千百年来的习俗说"不!"
更懂事时　他才明白
被裹疼的不只是姐姐
那执掌生杀予夺的圣旨
与伤筋断骨的裹脚一样
紧紧捆绑住人们的手足
不分男女　就连那
最安分的山水也疼得啜泣

他痛恶缠足
如痛恶象征皇权万岁的圣旨
日夜思索　怎样使
千百万双紧裹的手足舒放
手　不再用来触地跪拜
脚　应走在自己选择的道路上
为此他离开牵挂着的翠亨村
辞别了姐姐痛楚的哭声

作为医生

作为医生　他
奔走于澳门——香港——广州
匆匆
听诊器谛听着心室的颤音
蹙眉推动伶仃洋的浪涌
此时体弱多病的中国
还能经得起几把圆明园之火
国库的余额已被太后号画舫载走
搜尽四万万干瘪的腰包
还能凑得起四万万五千两吗？

病入骨髓
手术刀已难疗救
不如两耳谛听紫禁城的动静
让来复枪暂且取代手术刀
惠州——镇南关——黄花岗
志士喋血凝成殷红的席子
卷起积存的污腥
期待民主共和的秋雨洗礼
在烈士洒血处看枫叶摇红

或许后世明公
会伸出两根手指品评——
作为医生是够格的
作为军事指挥家还稍嫌文弱
罢啦　空调车里的智者
知否万事开头难
我钦佩历史的先行者
敢以数十载前赴后继
将两千年帝制打入坟丘
剪除积满污垢的长辫
洗雪腐败软弱带来的民族耻辱
也许口才不及同乡康、梁
但他敢于喊出两个字
——革命！

只有敢于不畏死
才称得上是革命
只有扳倒龙椅而不坐
置于博物馆作为永逝的象征
才是跳出怪圈的革命家

武昌枪声之后

那是一个空前干渴的季节
天空也耗干了眼泪
太和殿的三岁顽童
颤抖在摄政王的膝头
举国觉悟者的双眸都盯着南方
终于燃亮了武昌起义的枪声

虽很仓促
历史已在楚望台上定格
如同炸弹中间开爆
长江　黄河　珠江都腾起浪花
八旗兵尚在烟枪嘴上烂醉
新军连夜抢占了时局的
制高点

先生火速归国
礼帽上还隐伴五洲风尘
"神州"支离已久　急需
高手连缀于高原与大海之隙
欲倾大厦太沉　谁能
力臂扶正于世纪的黎明？
扬子江浪拍燕子矶崖壁

道出海内外华夏子孙的心声
就在太平天国覆灭四十七年后
还在那个地方　一缕晨曦
照射在新翻的台历上
无声地宣布——
从此中国不再有皇帝！

中国人太多　有人就有口
有口难免便有争议
有的说那场革命是划时代的
有的说那场革命并不彻底
也许都对　却有一个事实很铁
自那以后　纵有反扑逆流
只能像辫子盘在遗老头上
夜静更深时放开顿足捶胸
张勋复辟军与燕北沙尘一起消散
袁"洪宪"的皇帝梦枯萎在群妾哭声里
从那以后　还有龙
却不是"真龙天子"也没有龙旗
只雕饰在故宫的圆柱上
生动在民间传说中
不再吓人　唯留一点美丽

伍豪与海河

他最年轻的时候

在天津　二十年代

太阳从本世纪初

升起时就满面晦暗

他试图用《学联会报》

拭去太阳的灰尘

引动旧中国震惊

在警厅

一支笔指向铁窗

向旧世界宣战

当时无人知晓

有一个觉悟社

那浓眉俊目的伍豪①

走出天纬路的小院

竹布长衫的下摆

甩掉了戴墨镜的走狗

赴欧邮船甲板上的沉思

将曲曲折折的海河
连结起塞纳河的碧波

只因有一个人
曾在这里读过书
便提高了天津的知名度
只因他将年轻的时光融进海河
海河便青春永驻

注：①伍豪，周恩来同志青年时代的化名。

重读赵一曼示儿信

明知已到了最后时刻
仅有的时间应以秒来计算
没有什么放不下的心事
只要求留下一封家信
这是特殊的母爱表达方式
对儿子一次性的终生关怀
笔体从容不迫,足见当事人
彼时的神情像出远门那么平静

是在雪天里写的这信
雪封的大地就是整张信纸
信刚写罢,敌寇的枪声就响了
雪上的血滴凝成一行行文字
任狂风劲吹也揭不走
揭不走那对后世的警示和期待

几经辗转,到开春时节
这封信所幸终于到达

不只是烈士的遗孤
许许多多的有心人都读了
他们每个人倾洒的眼泪
都绽成了三月桃花

整个雪地浓缩成的信纸
点点血滴凝成的文字
至今读起来　字字句句
仿佛还透着当年的枪声

叙永深情
（组诗三首）

鸡鸣三省

我到这里的时候
很想听到三省交界的鸡鸣
遗憾因是中午，司晨鸡
可能还都在午休
没有听到川滇黔鸡鸣
却听到了秋雨淅沥
在古镇的屋檐上晶莹
串串水珠连缀着深沉的今昔

人指点处：一所木质民居
那颜色诉说着年久的经历
户主肖有恩在这间屋子里
接待从赤水那边过来的毛泽东
我相信他虽知这位是"首长"
却未必认识是穿越历史的人物

因为客人的军装被风沙浸染
甚至还近乎褴褛
但一位红军首长,一位普通村民
心却在同一节律上跳动,何况
首长还端来一碗年夜的猪肉
是对主人的酬谢,也是共度年关
香味在主客的感觉中一样的浓

次日房主起得很早,他问客人
听到雄鸡报晓了没有?
客人答称,是在梦中听到的
至于他做的什么梦,没有细说
又一日,雄鸡仍然鸣得很准
主人起身,发现客人已悄然离去
他赶到村外,晨曦中洇出一列队伍
一位身材高挑的首长走得伟岸
仿佛一步就跨过了三省

石厢子——石箱子

在这样一个不起眼的地方
一般地图上很难找到的所在
是九死一生紧迫形势所推动

还是感天动地的使者指引来此?

毛泽东、周恩来、朱德、张闻天
他们匆匆来此,又匆匆走了
他们和队伍什么都没有带走
只留下一个"石箱子"
留待后人加以开启和考据
犹如若干年后飞机上的"黑匣子"

石箱子里装的啥?肯定不是珠宝
至多是预示"下一步向何处去"——
哪条崎岖的山路通向希望的明天
走了的多数没有再来,却从未忘记
如同没有忘记命运转折的路标

当石箱子开封的时候
历史已翻至全新的一页
后来人在箱子里未发现别的
只感受到非同寻常的强劲呼吸
后世的智者破译这气息的密码
提炼成两个字:奉献

石厢子会议纪念碑终于矗立起来
它石质简朴、粗粝,却很庄重

它俯视山下没有污染的河水
浴着新培育的甜橙熏过的清风
青春的树株挥动绿色的旗帜
在海拔一千九百米的高处与先辈对话

校园赠书

在校园,在操场上
此刻不是栽树,也不是田径赛
每本书都是精选的良种
将良知播撒在孩子们的心田

风也参与,雨也光顾
培育的季节从来不拒绝风雨
有时还要向风请教如何驱除雾霾
有时还要仿效细雨如何润物无声

这里有季节,也无季节
在深秋的梯田,生长着春
这里有些偏僻,却不闭塞
好书和高速路开阔了八方视野

赠书人和受赠者各有发现

如发现深山里待采的珍贵金属
此方从彼方眼里看到朝露的渴望
彼方从此方眼里感受期待的殷切

当书籍沿着盘山公路攀登时
跨上一级比一级更高的知识阶梯
当"赶考"的大孩子盘旋下山时
干涸的河道又重新欢腾起浪花

走在大路上

所谓"路不拾遗,夜不闭户"
是向往,也许不能一步到位
但至少应渐往良性转化
让安全感如春雨滴在手心里

使伪劣、诈骗这些恼人的词儿
不至于比某些宠物狗更能随地排便
使碰瓷儿客、假残疾丐帮
不至于比革命残疾军人更引人同情

雾霾厉害,吸烟有毒
还有诸般环保措施,限制排放
而横行不止的电信诈骗和违法短讯
却花样翻新,比古彩戏法更出神入化

这些新型变种的霍乱弧菌和鼠疫杆菌
虽然不是官场的"老虎"和"苍蝇"
却都是"老虎"和"苍蝇"的社会附着物

或许是互不相识却心心相印的绝配

不信没有健全有效的措施,不信!
只要法制的网眼不患白内障
平安是福。人们走在大路上!
盖好井盖,春雨不会混同地沟油

消防战士的心语

最不喜欢听的字眼是"火"
最能调动神经线的也是"火"字
最爱读的小说章节是赤壁火攻
最感快慰的是扑灭了居民楼的灭顶之灾

同样是山,在不同场合
爱憎反应却截然不同
在井冈山最爱听讲"星火燎原"
在兴安岭山林最忌讳驴友野炊

最感念人类先祖燧人氏钻木取火
最理想的是"水火无情"终于我辈
如果说成也是火,败也是火
那我就乐于担当利弊之间的裁判和掌控者

追凶没有尽头

一枚指纹,一个脚印
证据通常是默然无声
但它活起来如龙泉利剑
剑不虚指,足有"削铁如泥"的力度

正义与邪恶相生相克千百万年
谁也开不出何时"停战"的时限
正如罂粟花成不了"形象大使"
暗夜也蒙不住便衣警察的锐目

高铁和飞机羞于被罪恶损污
却愿为千里追凶者尽量加速
当案犯从焐热的被窝里惊起
司晨鸡的鸣声又高上一个音阶

追凶没有一劳永逸,只有接力
没有最后的成功,只有一个个的战役
对得起肚腹的常常是方便面
警员的微笑,催开了路边的蔷薇

石英诗歌新作选

久别故乡

情感故乡

当年我曾深爱着故乡
爱她胜过其他的一切
故乡离我的心最近
故乡也离我的脚步最远

如今,故乡在傍晚的雨声里
故乡在京剧二黄慢板唱腔里
故乡在民俗博物馆
烟荷包和火镰与火石的碰撞里

俗语说:落叶归根
我的故乡之根在哪里?
或许我的叶还没有落
也或许是还没听到根的呼唤

其实这根,当年已随我
分蘖于南下的行军路上
或在后来驻村爱民植树时

从心中移植在老乡的树窝里

故乡偶在梦中出现,醒来后
心情愈加复杂,想象情境——
故乡曾经是我熟悉的地方
也可能是将来最陌生的地方

久别故乡

田野与海市蜃楼

干农活,很累很苦
有点无奈,有时也觉幸福
空气真好,眼珠亲和露珠
清风拂面,比润肤膏更舒服

更何况,蓝天大地一望无际
有多好的视力,就有多远的能见度
我刚比辘轳高,就汲出清水一厚
水斗一倒,溅开水花无数
水流转三圈,沃土瞬时润酥
美了白菜、芥菜
酷了蔓菜、萝卜
混合的菜香,总闻不够
通了血脉,也活络了筋骨

午休时刻,枕一捆麦草
井台也望空思念怀古
当年秦始皇来我家乡海畔

为求长生仙药走了巧言徐福
徐福未归，海市蜃楼却在
只是身价太高，何时现身没谱
我今诚心诚意，一片赤心未负
忽一日上午，渤海天象变故
街道车辆，往来无阻
重楼大厦，云端高矗
是何方仙人拂尘出手
还是大自然主宰巨手摆布？
多少人半生未见海市真颜
缘何我有幸目睹

难道是因上苍怜我太累太苦
促罕见胜景现身为之作些弥补？
但仅仅过了一袋烟工夫
车辆高楼消失，天空晴朗如初

恍惚间，六十多年过去
海市如今何在？蜃楼已落凡间
但当年得见海市真颜印象如故
反思仍有不解：海市既为幻象
为何比看到真楼印象更为强固？
既为虚幻为何我竟如此珍爱？
纵是真金白银与以克计算的和田玉

久别故乡

也未必能及"虚幻"那般沁人肺腑
难道只因它珍稀,还是因为向往
纵然时间短促,也值得终生用心守护?

于是,一个庄户小子的目光,便定格为
田野与天空、虚幻亦真实的记录

我与玉簪花一同长大

我家二门外,圆形土台上
有一簇昼夜喷香的玉簪花
娘说:这棵花比我大两岁
但在我刚刚懂事的时候
她正是绿叶滴翠、花形清奇
尽管我家还有丁香、长春和月季
可哪个也无法与她相比
她心照不宣地被接纳为家庭成员
也是天赐的美的使者和吉利象征

一家人进出,都要与她对话
虽然都是我们自家能懂的心语
作为护卫者,她没有秘密武器
仅凭清雅脱俗的资质,任人不敢狎邪
就是我们自家人,也自觉不去触摸
总觉得自己的手还不够洁净
爱护、尊重,但绝没有特殊恩宠

久别故乡

只有下雨时,我们才在她近前小坐
雨珠在白喇叭上晶莹,鼻息间
觉得这雨珠也是香的,相依相伴
玉簪花香使人清醒,从不迷醉
其花心比金子更贵,却不使人贪心
她历经日机轰炸、蒋军还乡团肆虐
却能幸存下来,没有被吓傻

我参军离家时,她仪态如初
仿佛还带走她的一些气息　如果
我的感觉中已完全忘了这气息
那心灵深处肯定是有了什么缺失
也怪,几十年在外没有遇到这种花
倒是前几年出访匈牙利,酒店窗下
意外发现了几株玉簪,只是略显瘦弱
我审视良久,竟没有他乡遇故知之感
到底为什么……
哦,也许是我追寻的不是一般的玉簪花
而是,与我心灵磁场相吸引的那棵

故乡是我心中的画

故乡,在我的心中
是一幅温润的画
它是黄昏时分　母亲
唤我回家吃饭的喊声
它是我和姐姐深秋村外
在茔盘上搂草裹起的枫叶
不忍与杂草一起做烧柴
珍惜地夹在语文课本里
悄然伴读

故乡,在我的心中
是一幅不褪色的画
夏夜饭后　在全村最高屋顶
童音从大喇叭中播出——
"蒋军必败,我军必胜!"
在农家土炕上的读报男孩
不小心将驻军首长的墨水瓶撞翻
可首长说"没事儿"

久别故乡

手中的抹布拂去了心慌的阴影……

回忆,有时是用热泪泅出的
泅出一幅幅珍藏的画
这样的画也许无法临摹
因为,它是刻在心里的

大娘的小看儿

我当通讯员的时候
多次从艾山脚下路过
那时兴吃"派饭",有几次
都在小山村大娘家,姓郭
除了窝头、咸菜,最难忘
是她盛米汤的瓦罐
此地称为"小看儿"
很久,已经变了颜色
柳梢在米汤上暗影婆娑
大娘连声说"孩子
收成不好,米粒不多
多喝些,好歹能解渴
路远,天忒热"
开春,雨嫩
炎夏,泼火
暮秋,叶醉
初冬,日薄

久别故乡

当我最后一次路过小村
郭大娘此前病逝，邻居说
按老例儿，生平最心爱的物件
应随主人烧化，或摔破
那个"小看儿"当时在村口
已摔成八瓣，人去声落

瓦罐碎了吗？不
在我眼前仍完整如昨
每当想起它和大娘的米汤
人行千里似也能解些干渴
纵然是身在荒山大漠

村边纳凉的苇席

夏秋之间在村边
我随大人纳凉,听讲故事
从关公、岳飞、戚继光
到韩复榘、张宗昌到刘珍年
就近青纱帐里,萤火虫灯会
蟋蟀伴奏,夜风五味俱全
直到夜深人各自回家——
二舅、三哥,还有我的少年

多少年来回故乡
蹉跎时光几许,轻叹
我和长辈坐过的席子呢?
故乡的一尺地心中的一丈天

哦,席子在这儿,原来它
总是随我的神思时隐时现
也怪,无论我在西北还是江南
每当我看到蓝空飘来一片云

久别故乡

常会联想起那席子,恍然
它驮着时光　驮着人生
带着体温　传过云烟
偶尔还会洒下雨星在唇边
细品有些清甜,也有点酸

回乡心潮

岂可高攀
更不敢妄比古人
当年贺知章回乡人不相识
我回乡找不到地物特征

门前打谷场边梧桐树没了
户对南山的小院门没了
过道里玉簪花和眉豆架不见了
更不见老母登梯摘眉豆的身影
这都是农户小家的自然规律
逝去了不须痛惜

在村前明代古戏楼旧址
如今矗起没有花朵的"花园"
在拆除的清初古寺的原址
新建水泥板块垒起的"广场"

再就是一排排整齐划一的小二楼

久别故乡

除了门牌号码　别无特征
这只能理解为旧的不去新的不来
大步跨越！

啊！
时代发展真快，十年
胜过有此村庄以来上千年
如果不说它还叫"古宋村"
我绝对会以为找错了地方

当年贺知章回乡人不相识
而我不辨识的是地貌地物
应该说，云彩大致还是那模样
只在下雨时　我的鼻息间
少了些青草味，似有点脂粉气

惊喜？大悦？
沉下心来也有丝丝怅惘
恋旧还是守旧？
还需回去路上慢慢思量
唯在出村后　一条高速公路
使我忘记背后　眼前仍是一片向往！

仍然渴望春雨

村东的小河干涸了
老姐姐的青丝被岁月换走
多年来都说不靠天吃饭
但在春雨睡懒觉的日子里
乡亲们还是数着天空的云丝
渴盼的目光穿越飞升的高楼

路口的加油站生意很火
"公爵王"在前,"桑塔纳两千"断后
女老板不在乎油价微调
"请快点儿,加够!"
机井里渐少的水波却在提醒
"可别忘了——春雨贵过油"

湿漉漉的清晨,柳芽儿抽
斜风拽着匆匆细雨似乎想溜
却被乡亲们的笑纹款款挽留
小河里鹅卵石染得又青又亮

久别故乡

老姐姐看花了眼,以为是
欢快的青蛙们在翻筋头

没找到父母

出差从故乡路过
没在中途下车
虽然已有点陌生
却还不是毫不留恋故土
只是因为父母不在了
老屋也归属了别人
老两口都没有坟丘
也没留下一寸高的标志
纵有泪水,又向何处洒落?

据说,当时被告知
父亲是土葬,掩埋在水塘边
母亲过世稍晚,是火葬
骨灰盒深埋在大队果园
若干年后,水塘填平了
矗起一座慈善机构大楼
大队的果园荒芜了
变成了现代化的生态度假村

久别故乡

抢眼的标志性建筑节节上升
小小的祭祀性标志呢
其实原来就近于虚构

此时我方才悟出——
与故乡联结的那条线
就植根于父母心灵的栖息地
那心灵的栖息处遍寻不见
故乡离我也远了

我曾在那里落过脚

离开故乡太久
走遍了大江南北、闹市荒漠
听惯了杂七杂八的口音
如果不是相貌有异
恐怕难以分辨是北姐还是南婆

再加上多了一把年纪
阅历中占全了工农兵学
乘火车闲聊:"老师傅哪里干活?"
"咋不跟老伴一起旅游出国?"
"您可是黑河那疙瘩,靠近老俄?"
看来,别人听我的口音也难琢磨

习惯了,乡土观念自然淡薄
心胸和眼界却愈变愈开阔
何妨落户于祖国的任何角落
也乐于担当任何不起眼的角色
譬如:极北,做漠河白夜的一缕柔光

久别故乡

极南,渔汛时在永兴岛上吹响的海螺

这时,再回头说起故乡
哦,当年曾在那里落过脚
嗯,没错!

笑窝里的甜酒

那时他最崇尚纯洁
还钟情于普通人的质朴
在大学暑假回乡期间
为玉米间苗时与她偶遇
她指点他应拔去蔫苗
他告诉她最科学的合理间距
两条粗短的发辫系着夏风
那都市女同学缺少的红润脸蛋
右腮上的笑窝盛满了甜酒
他虽未醺倒,却带着酒香
回校懵然撞上"文革"风暴

他因言论失当触犯"天条"
十年后万幸死里逃生
有位同学冒死代收一封死信
是她八年前由乡间寄给他的——
信中最要紧的话就是"我等着你"
她等他了吗?他无权问

久别故乡

他等她了吗？更不敢等
又过了二十年，早已不时兴发辫
笑窝里的甜酒已被骄阳灼干
时光是人的指缝间的过客
无暇回头，纵然回头已难辨认

但他还是回了一趟故乡
是为奔母丧的那个夏天
事毕他终还是想起她来
……不知道她过的怎样？
远处高树上噪蝉颇不耐烦
似乎在说：你管得着吗？

村外田埂上见一村妇后影
挎着的竹篮里盛满新割的猪草
脚步匆匆，短发上白星点点
或许是风吹绒花故意逗弄？
看走相像她，他尾随着
在雨后泥泞的田埂上
然而，她始终没有回头
蓦地，他停下来
双脚踏在前行者的脚印上
叠印着，加深着
似有某种感觉，这就够了
又何必苦苦追去！

固 执

本县改市已过去二十多年
有人问他原籍何处,他
回答仍归是"XX省X县"
有同事笑他为啥如此"各色"
他也笑说"凡事都有个别"
《百家姓》里我找不到槐姓
你们不也都叫我老槐?"

不过,出书简历上却出点周折
编辑指出"X县已改为XX市"
他郑重答曰"我本是带着高粱花子
来到这世界,怎敢妄称是城市人?"

然而,填写人事表格又发生冲突
女科员的态度异常严厉——
"你这种做法太不严肃,而且
过于保守,然后……也很滞后"
他表情无奈,语调讷讷

久别故乡

眼中隐隐泅出了泪水
有谁知：X县是战争中的火凤凰
当年于县长为掩护群众撤退
自己的胸背被子弹打成了筛子
老于是他母子的救命恩人
X县是英烈不屈的标志名称

最后有人打圆场使他妥协
理由是：如今地图上已找不到X县
他在人事登记表上改为XX市
但其他场合个人简历仍写X县
只在下面的引号中注上"XX市"
折中结果是：坚守传统
又表现了当事人与时俱进

"老槐"老了，但故乡村前的老槐树
尚在：而且结的槐豆角依然
据说可做染料染衣物，今已无人再用

石英诗歌新作选

难忘军旅

谈判年月

我少年时代　经历过
一面战争一面谈判的阶段
周恩来、张治中、马歇尔、王若飞、白鲁德
国、共、美三方要人频繁会晤
重庆、延安、北平、宣化店、胶济线
飞机你起我落往来穿梭

蒋委员长更不会闲着
一只袖筒里是谈判备忘录
另一只袖筒里是待发的"剿匪手本"
"三个月消灭中共"：不言自明
脚底板在谈判桌下也能说话
105毫米口径的美援榴弹炮
披上炮衣是"停火"，揭开炮衣
立马瞄准目标，信口雌黄

打打停停、停停打打
打了又谈是缓兵之计

暂时停火是调整兵力部署
马歇尔将军劝架也罢,拉偏手也罢
奉旨而来也只能是死马当活马医
我部在驻地一面练兵
一面针对时局加紧宣传
乡镇街面的白石灰墙写满标语
——"反对内战,争取和平"
女战士小包会写一手艺术字
彩色的投影式一丝不苟
我因在机要科对形势心知肚明
偶尔为她做助手却只能守口如瓶

不远处,炮声愈来愈近
与新兵一样天真的子弹
也在枪膛里突然被惊醒

战争中没有小孩

公元2015年，乙未惊蛰
七十年前这天，我还记得
记忆没有距离，血性不会衰老
那天下课后，校长给我一卷传单
其实很平常，现在说那是战争年代

也是命———一个小孩生长在战火里
但说实话，战争中没有"小孩"
小孩有时比大人更管用
目标小，还可以跟"二鬼子"逗着玩
传单塞进兜里，他还以为是钞票

不过，小孩也没有天生免死证
同样有大惊好险，死里逃生
最危险的任务也不告诉娘
完成后也不能向娘领赏，至多
要块红瓤地瓜，解饥又图个吉祥

整天跟高粱棵子比身高
还和玉米红缨比笑容,扮个鬼脸
盼着长高,又怕长高
长高了庄稼遮不住,须知
青纱帐是战士隐形的战场

大了,老了,一晃七十年过去
七十年酸甜苦辣,五味杂陈
但当想到七十年前那个小孩
好风荡漾,老酒五味合酿
喝着有劲。别提感觉多棒!

一个对一千个

太平洋战局吃紧，鬼子捉襟见肘
急需从华北、华中调兵增援
我县县城原驻日军一个大队，随后
只剩一个中队，再剩一个小队，又随后
只留下一名少佐指导官，掌控
伪保安大队千余个扭曲麻木的灵魂

我见过这个指导官，在县城大街
树墩身形，挎洋刀，仁丹胡颐指气使
一个对一千个，按说力量对比悬殊
但至少在两年中，天平没有倾斜
在中国土地上，一个倭寇的遗种
凭借指挥刀，就能放牧一群肉体陀螺
难道千人中竟无一人愧疚汗颜

伪大队长林某身高一米八二，他
无法削足适应，只能无休止地躬身
奴性使其不敢正视自尊二字，但据说

深夜独处时也曾抽过自己嘴巴
面对八路的策反书信,也曾
犹豫不决,辗转反侧,彻夜吸烟
直到亲耳听到天皇降表收音机放送
才捻熄最后一支烟,纠合亲信
扑向指导官卧室,挥刀痛快淋漓
总算实现了一千个对一个的回转
舒了一口做人的长气,也算顽胜

报纸上登出保安大队反正的消息
定位是投诚,林大队长率部出城
是夜半轮皎月挂在天空,他问我军代表
"今天是几号?"后半句没说,
有人猜想是——
"活了半生,浑了半生。"

从乡村土台子起步

那年,我十三岁
在反蒋保田大会上
少年的激情推助我
第一个跳到台上带头参军
边呼口号,边跺脚
但脚下的声音很钝
黄土夯的台子是实心的
看上去有点儿笨
风雷却难以撼动

随后
多少山东大汉跳到台上
他们比我后到
但都比我高大
我被推挤到最后面
震天动地的口号声
淹没了一个带头的小孩

这时的我
一点也不嫉妒他们
我在他们后面长高了
追随着大汉的脚步
开始了雨夜的行军
谁也不知道谁的姓名
只听到双脚与泥泞絮语

回头
再看已被敌占的故乡
本质的戏台被烧成灰烬
只有土台子依然如故

夜 岗

我刚参军时值岗多在晚上
浓黑的夜空经常星月不见
枪是一支老式的汉阳造
枪筒是黑的,只有枪栓的手柄
微微闪亮。它不知
经过多少前辈老兵手的亲抚
又留下多少生与死的感觉
传递给我这个没杀过人的新兵

可为啥我夜岗时多是阴天
难道我生来就是与星月无缘?
哦,也许上苍为将一个纯粹的
没有杂色的夜交付给我
是看守,也是练胆

但有时我也忽发奇想:
假如我咳嗽一声或望空一笑
伊会不会有所感应闪出缝隙
漏下一两颗星星添些许浪漫?

半句话

我当通讯员的时候
跟随侦察排长去抓"舌头"
在砖墙拐角的河边
排长俘获了一个正在"方便"的副官
从他嘴里得到当晚的"口令"
还有堡群的火力配备情况
但不知是出于下意识还是怎的
这"舌头"遽然尖叫出声……

突变后排长拭擦着匕首
喃喃说"我本想将他活着处理
捆结实扔进河边草丛,谁知……"

不久我调走去做机要译电
与侦察排长再无机会见面
但对他的后半句话,不知为何
不仅想准确续成一句完整的话
还有关于战争、生死、意中和意外

近乎多重内涵的哲理思考
一分钟的亲历和半生的记忆
串联起少年的青涩与老境的苍黄

脸红与天红

部队转移的前几天
曾在河边的一个村镇驻过
当时我在连部当通讯员
满打满算才十五岁
连部住在东厢房,正屋
只有房东母女二人
据说女主人守寡多年
十七岁的闺女长得挺俊
没承想:女主人托村长表意
想叫我做她未来的上门女婿
先订好,过几年再成婚

村长还真向指导员悄声转达
指导员脸一抻,说声:开玩笑!
那时,我还是未开窍的年龄
甭说媳妇,连"对象"的意思也还懵懂
不过,尽管没和那闺女说一口话
内心还是被莫名地触动

几天里，总是脸红，还是脸红
是那种傻乎乎模样的红
是做了啥错事心里害怕的红

半年后部队打胜回来
按计划仍驻防那个村镇
谁知这里正遭受一场浩劫
肆虐的蒋机轰炸集市，伤害无辜村民
我们曾住过的当街两侧，民房
原址只有断壁残墙与灰烬
村长、房东母女还有邻居都不见
是逃避别处，还是……
雨后的西天只有一抹绛红
是静得喘不上气那样的红
是瞅着带苦笑那样的红

走的时候，脸红
回来的时候，天红

重会攻城爆破口

在回乡探亲的途中
我又从故地经过
四年前,一声震天巨响
突击组实现了成功的爆破
"攻坚先锋连"的红旗与
没有录音的会师呐喊,在
司令员"大罗马"表针上定格

四年了,却为什么
爆破口还是原样静默
没有修整,也未依样移向"市博"
哦,也许为展示原始的真实
让更多后来人凭吊这惊心一刻
寻找被残砖乱石掩息的血光
计量牺牲的代价,可借用
被血浸透的砖石作为秤砣?

当时的小机要员,我深知

通向胜利的进程绝不平和
从这里到城防司令部
虽不足一公里,却全为
"冲杀""争夺""肉搏"这些字眼所垒筑
敌人的火焰喷射器并不吃素
也不像后来某些电影表演得那般轻松
不怕死是因为忘了死亡
只想着为后来人趟平道路
我所认识的副排长就相信
"后人一定会记着我们!"——他
牺牲前曾对我这样说过

但此时,我竟恍惚看见他
还有二班长都在爆破口站着
他们原来没有走,恋着什么?
是为了证明历史真相的确凿
还是在守卫:防止某些贪图私利者
将带着血渍的城砖当古董换钱?
也或许是某些目光短浅者
洗掉了血渍拿回家去垒鸡窝?

我见过他,但没对话

少年时,我见过许多名人和将军
既羡慕,又平等,是双重的感觉
绝不像现在听名人大腕讲话
随后蜂拥而上,征求签名与合影

说起来已事过几十年,昨晨醒来
不知怎的我想到一个人,不,是看到
一个并不魁梧,却很精干的小个子
驰骋疆场多年,华野的粟司令

当时我还未正式参军,而是作为
"少儿宣传队"的一员,随支前大军转战
孟良崮战役之后,我县支前大队回返
年饭时分,人和车辆骡马隐于松林

突然,总领队王县长又显神通
竟能"拦"下了粟司令与大伙见面
谁都想到:新的战役肯定在运筹中

这间隙的每分每秒都压得主帅很沉

但粟裕还是来了,随员是参谋和警卫
他先看表,打个手势:"只讲十分钟",
我盯着这只灵动有力的手:当攥紧时
又将报销敌方几个师,不,几个军?

"谢谢同志们,胜利不只靠主力军
也是解放区人民用小车推用担架抬出来的"
大意与后来听陈毅司令员讲的相似
事过多年我忘了许多,这几句讲得很准
我们听得极严肃,不屑树上的蝉鸣
将军离去时,恍似晴天里闪电划过
解放后有人问我,我说见过他,没有对话
但精神的给予,不在于彼此有否"交情"

那时不知,他的脑颅还隐有弹片
却常使全副美械化的对手胆寒
直到逝世后,弹片才在骨灰中显现
难道在生命最后时刻,又是一次特殊的淬炼?

应对袭击

一拨敌人死了

但我们仍要认真地擦枪
清点余下的仅有的子弹
准备应对敌人的再一拨袭击
无论是白天还是晚上

白天,应对袭击的是眼睛
晚上,接待敌人的是耳朵

总归,是敌人历练了我的五官

跟随司令员进城

城被打破了
战场尚未打扫
开阔地上布满尸体
血肉模糊,有的趴伏着
军帽也不知抛向何处
仅凭血腥味分不出敌我

我们随同纵队司令员
择尸体间隙艰难前行
坚城虽已攻下
司令员脸上却没有笑容
此刻像铁板一般沉郁
他大都以手势表达语意
只有一句话是有声的
"小心地雷!"

过时的"机密"

当时在朝鲜战场
我们同属于一个军
她在通讯科,是拍电报的
只管"嘀嘀嗒",却不知内容
我在机要科,是译电报的
知道内容却不能直接上报下达
虽在相距不远的坑道中
彼此却没有见过面
中间由机要交通员穿针引线

停战以后,庆功会上我们见了面
哟,他原来是个半大小子!
咦,她原来是个大姑娘!
彼此还有几分难为情
连手都没有握一下
她只掐了一枝金达莱花赠我

半个世纪后,一个偶然机会

我们再次见了面
她老了，我也老了
风拂鬓边白发悄然对语
临别时我们破例地握了手
而且握很紧，也很长
手茧蹭着手茧似在传递讯息
只可惜
都是些过时的"机密"

一位著名文工团员

那时在我们军区
有一个赫赫有名的"胜利文工团"
看她们演出不亚于小孩盼过年
那时的文工团员也不叫演员
尽管有一位军民共知的兰娟
也不兴叫著名演员
她最擅长演女英雄
结局大都是"壮烈"了
而且往往与叛徒出卖有关
也许正因她演得太真太活
演叛徒的角色当场为千人所指
而她,六年中驰骋在半岛烽火
热评在军民口中,仅凭背影
人们便雀跃指认:兰娟!兰娟!

她塑造的女英雄在墓碑挺立
兰娟在乡村的舞台上继续塑造

全国解放前夕,兰娟
很长时间未在台上现身
有人说她南下了;有人
又说她负伤住院;军民
都不愿面对真相,而选择虚幻
终究,在县城西的野枣林
出现了十几座人称的"八路坟"
说第二排第三座是……兰娟
还说在胜利前的一次演出中
垂死的敌人偷袭,多人"壮烈"
但不知报信的有否叛徒和内奸?
不过,许多人还是不肯确信
宁愿她永远南下了,不再回来

事情过了很多年,在这一带
人们谈起她塑造的女英雄
都不称剧中人名,统统都叫"兰娟"

战友睡在三八线上

战友睡在三八线上
也就是他倒卧的地方
没有墓碑　更没有碑文
不，碑文记在我心里
"刘新元　排长　二十一岁
籍贯：山东半岛某县"
记忆比墓碑更隽永
再猛烈的风雨也不能洗去

战友睡在三八线上
浴血的时光不会被冲淡
当时第五次战役正近尾声
部队完成任务即将撤离
副排长自请担任掩护
"不。"他拒绝了，"我命令你们全撤！"
他将生机留给全排余下的战友
而将炸药包赏给群丑——
喊声之后是雷声

战友睡在三八线上
好久,五十九年的长眠
不,昨夜他在我梦中出现
原来他一直在醒着——
生命仍在博物馆中追授的勋章上
闪光
他也从未闭上眼睛　日夜
注视着敏感地带的风云变幻
双目:一是太阳,一是月亮

石英诗歌新作选

诗解史艺

四大名著及其作者(组诗)

一段燃烧的历史与一部书

一段不到百年的历史
在五千年古国　不过几十分之一
只因为一部小说　搔得后世
千七百年间掉眼泪替古人担忧
就连东瀛扶桑、朝鲜半岛和越南
也在争比书中人物的武艺和智慧
商贾从中吸取谋略　追赶比尔·盖茨
热评中常常忽略了一个人——
作者罗贯中

贯中先生
有图王霸业之心　却乏鸿运
权在尺幅纸页上摆开战场
楷书为王　行书为将　草书为卒
奋笔疾书如三尖两刃刀
将当时中国一分为三　酣畅时

诡道眼花缭乱　火攻此伏彼起
难怪至今"火炉"罗列江滨
可是当年火攻太炽余烬未息?

书中人物无不活灵活现
永不使人忘记的是一个人
失败了疮疤没好就忘了疼
还仰天呵呵大笑的曹阿瞒
有的男士说"我恨他"
有的女士却说"我爱他"
她说这一点比会作诗
更酷

书中精彩话语多多
永不使人忘记的是一句话——
合久必分,分久必合
这使人联想到不久前多变的欧洲
一个人长睡不起一旦醒来
惊见病床分成两截
头在本国　而双脚
已被划在国界之外

《水浒》开卷"逼"字当头

关于水泊梁山的原址
至今仍在争论不休
为啥?
也许是为了持续火爆的旅游

休管!
我在施耐庵故乡白驹镇
就看到一望无际的水泊
堪称是——
浪里白条蓼儿洼
芦花俯仰掩清秋
想必是　耐庵先生
从此获得灵感的由头

《水浒》开卷
"逼"字当头
一个"逼"字
草料场绝了林教头
一个"逼"字
紫石街别了武都头
一个"逼"字
"花和尚"只有一个走

一个"逼"字
宋江激愤洒在浔阳楼

在太尉高俅眼里
这伙人统统是"贼寇"
在这些人的眼里
高俅除了作恶就会踢球

其实那时许多达官贵人也是贼
看官应知——
有地道暗通名妓李师师绣楼
不难想象　那副狼狈相
说穿了　还不是一个"偷"

血泪滴成的八十回

举家喝粥
一家之主还常常赊酒
将锦衣玉食与清贫对接
敝屋寒风吹皱廉价的宣纸
毕生血泪与更漏同一节奏
直到最后一息
所幸滴成八十回精品

诗解史艺

西山的红叶
飘走了二百年时光
百年来探秘之声不断
有人进入字里行间就迷路
有人说越研究越糊涂
好像谁进入大观园
谁就可能成为刘姥姥

结果众说纷纭
从巨人到普通士子
从阶级斗争到个人兴衰史
一切都跟着自己感觉走

从大观园原型到宝玉头发的根数
都有学术长文到辉煌巨著
只是今人再不需赊酒
赶上腊八节
还都能喝上腊八粥

其实
就是一部真正的才子书
一部好懂又耐品读
雅俗共赏的稀世名著
唯一遗憾的是早出了二百年

没有赶上茅盾文学奖
至于诺贝尔文学奖……
已上天堂的不在数

射阳山人自书中飞升

吴承恩没有西游
只有门前溪水流向远方
知了烦躁的晌午
先生依然静心入梦——
唐僧师徒四人前来造访
白龙马系在柳树上
鬃尾不时地甩走暖阳

一觉醒来　夕阳
燃亮了如豆的灯光
嘉靖中补贡生　浙江吴兴县丞
惨淡的经历仿佛倏然忘却
眼前只有云台山胜景
花果香盈屋使他绝对富足
将浸透香气的清水倒进砚池
墨汁袅袅蒸发
眼前又是一幅变幻的胜景

但不是梦

忽而,毫管幻化成金箍棒
先生与心中的悟空
筋斗云十万八千里
一同,去大闹天宫

国　粹
（三首）

书　法

假如没有蒙恬
我们至今会不会
一律用圆珠笔写字？
假如没有蔡伦　我们
会不会直待西方发明了电脑？
那我们的双手千年中将缺少
一种最具文化品位的功能

可危机毕竟没有发生
这才成全了书圣王羲之　在
江北刀丛漫长的对岸
写下了千古啧啧的《兰亭序》
逗得后来"天可汗"太宗寝食不宁
临终采取与帖同穴入土为安
创下了一个千古之谜

为了这出神入化的象形文字
张旭怀素舞起了墨带艺术体操
颜真卿垒起不用砖石的风骨长城
米芾、董其昌在刚柔相济中变幻玄机
墨色的线条在史书的行间圈圈点点
跨过了八股文的高栏
穿越过改朝换代的硝烟

直到今天　墨色线条
仍在雅俗良莠中游走
有时是熏染一种古意
有时又是展示一种时尚

在大市场的喧嚣中　书法
也没有绝对一尘不染
在极少数大腕手中　价格
超过了京、沪黄金地段房地产
论平尺　乃至按字儿
夫人在门口收费

也有空前的普及效应
君不见　离退休老干部
羊毫挥成了龙飞凤舞
墨汁溅在白眉毛上

端砚挤得骨灰盒暂且退避

书法由此有了新意　一年四季

室内充溢墨香　胜过

岁寒三友

京　剧

二百年　四大徽班

湖广韵融入了京韵

形成在京，却又不全姓京

它是程长庚、张二奎、余三胜

它是谭鑫培、杨小楼、王瑶卿

它是昆曲洞箫里溢出的魂魄

它是胡琴大师指缝间漏出的精灵

一切都是虚拟

一切又都是实指

天下就在脚下

景物闪在眼瞳

八尺舞台说无也无说有俱有

有山、有水、有车、有船

有生、有死、有静、有动

马鞭挥出千里驰骋

水袖抖出潺潺溪流
几声锣鼓点　千军厮杀
二三指拨弹　心潮难平
台上如泣如诉
台下如醉如痴
有时只听不看　细细地品
椅背上叩出戏迷的指痕

二百年间起伏跌宕
总的是辉煌多于不幸
二十世纪二三十年代
大师送出一座座高峰
"梅博士"风华正茂　远渡
苏俄、美国与东瀛
卓别林、斯坦尼、布莱希特
影剧大师耸肩——不可思议!
又一个表演体系诞生了
梅兰芳的名字亲切了中国

五六十年代的欧洲　京剧
在另一个陌生文化地域　走红
就连维也纳金色大厅里
打击乐和胡琴也成了主角
美猴王手中的金箍棒　炫目

使整个欧洲的眼睛围它旋转
京剧团成了流动的大使馆
就像默剧《三岔口》不需话语
彼此相通

正如百年前慈禧的长指甲
没有点破京剧魅力的奥秘
"文革"的断代也没有摧毁国粹京韵
京剧走进大学　与票友们结拜
好奇的老外除了背诵唐诗"床前明月光"
偶尔也会哼一句"一轮明月照窗前"
这难度很大容易走调的二黄倒板
其实何须都听懂唱词儿
要的是如唐诗般的韵味
那里有春雨、草色、人情
也能疗治浮躁与心灵的荒旱
不信？请看在公园里
春雨正为票友的清唱伴奏

中医·中药

尽管在整部《三国演义》中
有关华佗的记载只占极少篇页

尽管华大夫的手术刀　远不如
他的老乡曹孟德的腰刀锋利
我们却仍能感到自己的脉搏
在他济世的手指上跳动

尽管同在南阳的张仲景墓
远不如卧龙岗的游客旺盛
他的医著《伤寒论》在人们口头中
也不及借东风的鹅翎扇更神
但当我们受寒后身子簌簌发抖时
仍能依稀望见医圣慈目的蒙眬

无论是神农尝百草
孙思邈终南山采药
李时珍跋山涉水历尽艰辛
从一开始　中医中药
就和农稼、生命、乐善好施
水乳交融——
不着袈裟的活菩萨
不入空门却心悬命门
药壶多像本色的司晨鸡
煎熬一夜到天明　轻松

中药柜　蜂房

小戢儿　飞来飞去的蜜蜂

"当归"——召唤生命归来

"生地"——在生荒上开拓希望

"紫河车"——渡河也似安步当车

"远志"——神情气定方可志存高远

当年诸葛亮遗训儿孙

不为贤相则为良医

相医同为济世安邦的孪生

如今在都市　在偏僻乡村

在本土　在万里域外

黑发黑眼睛为金发碧眼把脉

小小银针为白求恩家乡人舒筋

一位白求恩不远万里扑灭硝烟

千百个"华求恩"在非洲妙手回春

假如鲁迅先生还在　面对中医药

或许会有新的解读　新的结论

有关中西医孰优孰劣之争

还可能持续下去　无妨

与其订立一个"互不侵犯条约"

不如不成文的"互补互助协定"

达成类乎的"战略伙伴关系"

如何？

包拯在肇庆

千里为官
抖袖拜揖岭南
青衫上还有几颗黄河雪粒
西江暖阳悄然吮化
融入鼎湖水中
又澄清几许

也许为他
七星岩欣然聚义
彼此约定
为新任知州添几分新绿
仅此而已
谁都知道这位黑脸大人
偏将千年古语颠倒——
就是要打送礼的!

公元十一世纪某日
一叶小舟悄然驶进水洞

没有惊师动众前呼后拥
只有一随员手持雨伞
州官择一小片岩壁
简单留言后有落款
不须炒作"父母官"德政
潺潺水声可以作证

出洞时天降大雨
随员自然撑起雨伞
此时天空雨云密布
但知州的伞撑到哪里
哪里便云层裂开
闪出一方青天

州官离任时
没有带走一块名贵端砚
这又何妨
所经的大地都是纸砚
挥手清风作笔
落笔无声
平地矗起口碑座座
比任何名砚更无价

项 羽

有绝对年龄优势
自称"力拔山兮"
虽未见他将华山扳倒
却将偌大的秦王朝挟在肋下
又掼在就地

后人尽可评判
此君的种种失误
坑杀赵卒二十万
鸿门宴失却良机
荥阳城功亏一篑
也许后人比前人明白
却轻忽最致命的一点
卤汉玩不过无赖

垓下
霸业在乌骓尾上飘走
人性却在马嘶中升华

清秋闻楚歌悲凉中反觉亲切
别姬时刻必有许多缱绻
功业成败不如一首《垓下歌》
绝望时竟当了一回诗人

得之于年龄优势
又失之于年龄弱势
以三十岁的血气对五十岁的
老辣
恃勇可叹

虞 姬

有名字
又无名字
一个虞地的女子
想必正当妙龄

夫君也很年轻
在京剧舞台上是大胡子
曾在咸阳阿房宫举火
烧焦了秦朝十五年
夫君的胡子当时无损

妙龄女子追随征战
显然不是一只金丝鸟
垓下也不是鸟笼
营帐拒绝"住别墅的女人"

能在夫君一筹莫展时
夜深沉中抑泪舞剑

最后时刻饮剑香消
为使夫君轻骑江东再起
剑能断念
情难断

如今在灵壁
有虞姬墓在焉
此墓真假不须验看
但史有其人
此情可赞

牛郎织女的传说

小时候头一回看京剧
就是牛郎和织女
还有"真牛上台"
大老牛不听牛郎摆布
号叫着,几乎冲下台
惊恐,却很刺激
那时还没有"情人节"的说法
如是现在　定会使酷男靓女
顿觉大煞风景

这传说想是由天象演绎而来
谁的"原创",我不想考究
世上有些不明事体能够破解
而有些纵然揪光头发还是千古之谜

不过,这传说演绎者的贡献
还是钟情于任何时代都不过剩的善良
宇宙虽大,毕竟过于冰冷

那银河估计也寒气沁骨
久了,肯定会抽走温情
不如落户到人间
虽说清贫,却有些许温暖
固然人间也并不缺少酷恶

也许正因为此　如今
许多地方在争抢牛郎织女的"故乡"
如为了抑恶扬善值得称道
如是为了兴盛旅游业……
亦好,且不必大失所望

梁祝情缘别思

少时,东屋壁上一幅画
一位婚装女子扑向坟茔
天雷炸响,坟茔随即裂开
女子纵身投入坟内
新郎官大惊跌于马下

彼时本人未到青春期,不谙爱情
但此一幕影像至今清晰如昨
本人婚恋经历平平,竹筒倒豆
情节既不离奇,抓人悬念也少
肯定编不成戏文,更不可能卖座
但我还是为梁祝故事感动过
成年后也为之深深思索——
人世间的一切正当意愿
应尽量给予尊重,勿扭曲,不侵夺
宁可平平常常但顺其自然
也胜似纠结苦涩不当而获

当年不知老外能否真懂
能否理解东方男女超绝的执着
即起码能为越剧唱腔所陶醉
音乐片奖给了"梁山伯与祝英台"
造成当时中国观众争看此片
比起后来"春运"加倍地一票难求

但近年来明公考证：梁祝二位
史上虽有此人，只不过
彼此相隔千年，非同朝代角色
祝对梁而言，恐怕是祖母的祖母
祖祖母又祖祖母，谈何般配
休管得！——一般观众绝少理会
当时影院火爆异常，暗影里眼泪簌簌

可见，纵然戏是"编"的，只要"编"得精彩
体现了真善美，人们就会喜爱
但生活中的邪恶诈骗，不需加工
相互仿效"盗版"，也无人追究版权

诗仙与济宁太白楼

如果举行中学生语文知识问答
"李白的出生地及籍贯在哪里?"
多数的答案肯定是中亚碎叶
甘肃秦安尤其是四川江油
也许都沾边,但少有人知
这位诗仙在山东运河之滨
一个叫任城的地方,安家
二十三年,占他一生时光三分之一
任城——今天济宁的太白楼
就是一千四百年前诗人的住宅原址
至于是租的还是买的,恕难考证

他在这里生儿育女,两任妻子
前妻因病离世,继室接过箕帚
楼东运河边上还有浣笔池
常有带着诗味的浑水由此远逸
池边还有诗人手植的桑树
尚未结果,也添了一家人欢趣

当时此处的景致没有录像
但诗人手书的二字足以存证
"壮观"——历经千余年风雨
至今字迹仍神采奕奕

然而,诗人毕竟酷爱远游
南至天姥、匡庐,北达蓟地边城
如风筝升高飘逸,但未断的线
还牵在儿女和刘氏夫人的思念里

常言道"大丈夫四海为家"
又说"诗仙有酒便不问其他"
其实"仙"就是最潇洒最超脱之人
而"诗"却又是最人性化的升华
诗人无论走到哪里,时常北眺
看那太白楼窗前灯下补衣人
天明又见女儿平阳和儿子伯禽
在浣笔池的树下采食桑葚
爹爹手植的桑树都结果了
他为啥还不回来,还不……回来?
人说有近亲血缘者能相互感应——
儿女是诗的心,父亲是心的诗

仙女湖：万年桥残留

万年桥自尊而羞涩
一半在水中，一半还露着
挣扎着不肯完全沉落
埋下去的是历史
露出来的是现实生活

残留的桥孔睁大眼睛
它瞅着我，我瞅着它
我赞赏它的坚忍，它羡慕我
自由而洒脱？
其实万年桥尽可无愧
几多行人曾从桥上走过
几多船只曾从桥下穿过

比之于桥，我们又算什么
时光短暂如何完成生命的承托？
可惜彼此无法用言语交流
只能是我瞅着它，它瞅着我

石英诗歌新作选

爱的密码

"爱"字密码

一个字
似乎用得很滥
可人们还是乐此不疲
足见它陈旧又特新鲜

一个字,内含密码很深奥
中国的梁山伯和祝英台
外国的罗密欧和朱丽叶
都参与破译了千数百年

一个字,难煞密码专家
虽然破译过突袭珍珠港
也破译过中途岛日军机关
却很难确知她与他何时变脸

一个字,并非四季常温
(连春城昆明也有风雪变幻)
它有时是吐鲁番的火焰

它有时又是根河的酷寒

但毕竟它是一字千金
一诺重过那万语千言
还有胜过任何发动机的动力
不惜上天摘双星为她打造耳环

一个字,照亮一条追求之路
这路比春运的"高速"更拥挤不堪
至少在初恋和蜜月的时段
这个字使用率最高,声儿最甜

"情山爱水"仙女湖

情,是一种燃烧
火里有水,水里有火
水火在这里绝对相容
静时清澈晶莹,动时烈焰熊熊

爱,是一种感觉
认定了就义无反顾
一朵荷花、一段莲藕、一簇光波
都是此处最好,不容置换

仙女升天了,湖还在
神话疲倦了,人却兴奋着
真情真爱是心灵的电子信箱
这边桨声里拨出波纹,那边
嘴角上溢出诗行

感 觉

感受是虚幻的
感觉又是具体的
感觉是心灵的塑造
感觉里面出西施

西施啥样?
只听说西施捧心
据考证是胃疼病
推想是比较瘦弱
毋须人工减肥

还有王昭君、杨玉环
同样是谁也没见过
至于貂蝉,是小说中人
在正史里还没有名字
索性不比也罢

哦,别忘了另一半的感觉
是周瑜?吕布?马超?

爱的密码

还是大战长坂的赵子龙
一般都是白袍将军
大半还戴有雉尾翎
年轻英俊,威风凛凛
不过也都是舞台上人物
同样是谁也未曾见过
何况吕布还是三姓家奴

感觉完全属于自己
在自己的眼里和心里
自己觉得最合宜
未必完全符合公众的标准
且不太受干预

哟,她来了
他也来了
相向而行
即使都在感动着
也未必能走到一起
只要永远在心里走着
灵感就不至于瘫痪
最好的,还是感觉!

十 年

邂逅只见一面
她主动相请
照过一张合影
只她一方珍藏
他函索
十年也未寄来
望云雁过匆匆

十年
山水千重
她每年寄包茶叶
用新手帕密密地缝
却未附只言片语
他只品茶香
不见伊人

梦就是梦

她没有杏眼
也没有双眼睑
伴侣促她去整容
她拒绝改变自己
心知另一个人爱着

但仅此而已
从没有越过护栏
她总是说"不"
那人也无悔无怨
雨晨子影去远

她没有杏眼
却总是脉脉含情
昨夜她为他说了梦话
醒来枕边伴侣问她
她答说：梦就是梦

距 离

一席间
谈笑风生
却又不失清甜
姓甚名谁?
眼里有名片
芳龄几许?
女士的年龄
判断最难

一笑相识
一笑相别
只有背影
消失在车影林间
回眸一瞬是永远
往日最喜枫树
秋撒红叶万点
今日却怨枫叶
绿得不长眼色

爱的密码

遮了人视线

何时再见
又怕再见
消融了悬念
既盼无间距
又愿距离远

沧 桑

常忆初识时
她一派天真
尽管双方都单身
毕竟错对年轮

二番会面
北国冰封雪掩
俏巧人来迎——
红帽皮靴长裙
人前故矜持
电话语难禁
情浓细声如游丝
能懂者只有两人
送别只一吻
终生

事后他又悔：
只因她已有"朋友"

不忍夺人之美
常常提笔未着字
矛盾!
矛盾!
三年后触景生情
长途电话相问
她正在
惊余又沉稳
答曰刚与友人归来
长白山天池"真神"
与那位男友早已告吹
但尚未结婚……

听语感今非昔比
竟判若两人
默然良久
窗外凉雨纷纷
不觉夜已深

一 夜

没有吻
没有舞影婆娑
只有书刊借还
不言河浪说岸柳
情到唇边反默默

她有家
却常常眉头双锁
一腔忧郁谁能解?
纵有钥匙不敢开
奈何!

一日碰面在邮局
猝然双手紧握
四目相对灼灼
恐人看见
手又忍痛收缩
一周后

爱的密码

听她因病入院
断后绝症堪惊愕！
几次望窗而未入
胆怯怕人说

临终前夕
她与陪床女友长谈
彻夜
反复念叨那人：
那人好，有才德
女友安慰她：
等你好了
我向他借新书给你看……
患者凄然颔首
望窗外桃花纷谢

谁知
天明溘然不再醒
也许只为了他
才向死神多争了一夜

市河冬钓

故地重游,大河栏杆依旧
忆曾经的"文革"岁月,不堪回首
如今唯一的不同是:头顶处
每棵电杆上都有电子探头

四十年过去,他白发如雪
城市高楼也披上银色斗篷
当时与那人曾将栏杆拍遍
伊似乎感知他的处境,不问姓名

此际河面封冻,夜色清寂
只有不相识的好事者,凿冰钓鱼
但身边的鱼篓空空,无妨
钓钩已钓上了沉淀的记忆

连心锁

也算一个品牌项目
"连心锁"是这里重要景观
密密匝匝,哩哩啦啦
令人眼花缭乱
无疑是情侣或恩爱夫妻
双双亲手结成的印记
钥匙上也有他们的指纹

但如今许多锁已生锈
分明在风雨中等待太久
是原主人钥匙丢了
还是再次重返发生困难
也或许是当日锁的主人
有一方转向另一处景点?

今天
有一位锁的主人来了
仔细辨认

终于打开自己的锁

但没有再行锁上

却对那锁深深一吻

连同钥匙一起带走……

来了的也好

未来的也罢

无论怎么说

"连心锁"离得太远了

最近的还是相互开启的心

深海浪花

感情深入了
深入到对方的内心
赤裸的脚却不敢深入太远
小趾的神经也要保持清醒

快乐到了极致
犹如海云中惊爆电闪
最美的浪花也似双刃剑
当心埋伏着白鲨的利齿

爱的力量再大
还是挣不过劫夺者的偷袭
海誓山盟再沉重
有时经不过被强风抹去

在海水深处
最悦人的往往是白的浪花
最忌讳的是殷红的颜色

秦岭道上奔女石

地说她是静态的
天说她是动态的
人说是风推着她走
云说是她拽着风走

一幅顶天立地的大写意画
背景是蓝天和滚滚的白云
长发披散着,还有飘飞的围巾
因为她,秦岭才有了永恒的青春

她的目标是啥　追什么人?
一千个旅者有一千种猜测
而她眼里肯定只有一个目标
争分夺秒　去追那个"唯一"

她也许永远也追不到
但直至变成化石　也不放弃
或许正因为如此,她
才永远保持这追奔的姿势

老未老

大半生寄情于山水之间
人与自然处处都难以分开
"抬头纹"好比是山的皱褶
双眸犹如是眼镜湖的别名

老了吗？怎么我没有觉得
对比青涩我更倾情于丰厚
对比火烈我更希望悠长
激情的牵手难分谁主动与谁被动

一般人是用时间来计算生命
而伊是用生命来浓缩时间
远望时误以为山泉已经干涸
亲近了乃知泉脉依然活跃

接 站

麦秆草帽下面
是他!
炯炯目光不是唯一标志
右腮上的酒窝才亮出姓名

牵手——
这是她的标志性动作
无视接站者中有没有熟人
走在街上更不知谁在瞠目

她此刻在想啥?
是什么样的一种心态?
成熟的上限可以是年近半百
天真无邪仿佛正是豆蔻年华

无须开口
也不必问下榻哪家饭店
他有点羞涩,想抽出手

爱的密码

却被无形的"手铐"紧紧铐住

三百米的牵手距离
不远
一直牵到对方心里
绵长

一场春雨和一柄雨伞

曾经见过几面,今又碰见
一场春雨约来一把花伞
"你没带伞,别淋着
我还有,你用过不必还"

如再下雨,又碰见熟人咋办?
她还能有多少伞?又不开伞店
问雨去吧,一切它都会看见
答案也许都在伞的下面

这里不是许仙的西湖
也并非上演什么《白蛇传》
今逢蛇年不错,却没有蛇
都是凡尘中人,不想成仙

什么也不知道

一个小职员
虽说不太寒酸
却绝对不是富豪
点滴存钱积少成多
买个"一居"好成个家

常见一位女士
在银行前厅指点客户
胸前佩戴"值班主任"牌牌
高挑、眼镜、语音甜脆
漂亮吗?只能说不丑
却为啥成了他理想的化身
心中的最爱?
恨不能天天都来存钱
只可惜天上不掉下钞票

与其说是来存款
不如说是来储存感觉

这感觉只能存不能取
更没有一分一厘的利息

忽一日
"值班主任"换人了
更漂亮,也更热情
也怪,他却没啥感觉
只知走的那位姓"云"
但不知她结婚了也未?
请随手关门
云最怕风

有些感觉是虚拟的

充其量　只是一种感觉
感觉有时是虚拟的——
一种步态,一个微笑,甚至一句话
都好,好到无与伦比

比同类都好,不仅是最好
连"最最"这些滥词都不能表达
对其周边的人都全无感觉
好像都是一种面孔　一副音调

不必细究,不须深入了解
年龄、经历、家庭,都不必问
只要保持感觉中的这个"唯一"
纵然不再相见,也永不会消失

短信和振铃

她每天给他
至少发一个短信
他不会发　只能
读过短信后回个"振铃"
至于他的读后感嘛
由她带甜味的想象
协同完成

从三月到七月
她发的短信记不清
从播种到生长旺季
从忐忑的喜泪到炽烈的汗珠
时间仿佛恒定在七月
只有旺长不企望秋熟
正灌浆的玉米棒和香瓜
总是顶着晶莹的露水
连露水也浸甜了

爱的密码

据说是
一个短信才区区两角钱
但她所发短信的总值
付出了三十年积蓄的财产
他的"振铃"是无字的收据
而且瞬间消逝
她五音不全,他嗓子好
能唱流行歌曲　也能美声
但她给予的评价仅是"不错"
最渴望听到的还是振铃
她觉得那是世上最美的音乐

她说她胖了

很长时间没见面
打电话问问近况
她笑说最近胖了不少
他说胖了有啥不好?
跟发福的人相近　他
也会沾些福气

当然,也有瘦的——那是
走在T字台上的时装模特
哦,有票?可惜去不了
本人没有义务去选模特

怎么?还是国际名模
那可太高了;有多高?
……高不可攀
也太远了;有多远?
……遥不可及

痒痒挠的玄机

结婚七天,新郎出差
新娘挤眼一笑:"带啥给我?"
神秘回答:"最好的宝贝。"

那边是江南竹乡
新郎挑来选去,最终
买了个雕花的痒痒挠

回来,新娘脸蛋一沉
抻成了个鞋拔样:
"就这玩意?还宝贝哩?"

新郎不急不慢
在空里虚写一个"7"字
"勿躁,听我慢慢道来——"

"科学讲,婚后七年小危机
叫作'七年之痒';可有了这宝贝
天大的危机也会手到'痒'除"

无奈的手机

隔着十万大山
横着长江黄河
知情的手机,给
给了双方第三只耳朵
声波凿通了一条隧道
一条全天候畅通的隧道
在夏季特大暴雨的天气
这隧道也没有塌过方
在雪增高原的漫漫冬季
心灵的信号也从未被屏蔽
即使在最干旱的日子里
每根神经线都绷着激情

或许是由于特殊的免疫力
三年来,双方都没有生过病
忽一日,她罕见地未接手机
一次,两次,三次
他极度不安,辗转反侧

爱的密码

终于她回电：我病了
正在输液，不便接听

纵然是隔着十万大山
横着长江黄河
他还是要去看她
尽管不通飞机，没有高铁
公路崎岖，也无暇犹豫
电告她：明早启程
谁知对方回话：你不要来
千万不要来！
为什么，她没有说，
知情的手机也无奈
因为，她没有说……

石片与水漂

他坐在公交靠窗的位置
望着窗外流动的景致
蓦地,他的两眼发直
咋?她,还有他,双车并骑
说笑那么投入,绝对全心全意

看样子,分明去她家里
他对那里也相当熟悉
怪不得,她最近总对他暗示
——"没有不散的筵席"
角色转换得竟如此之快
近五年来……彼此曾有多少甜蜜

并辔而行的两个总不离车前车后
是冤家路窄还是故意示威?
无名烈火,在胸中频聚
且慢!冲动猛如虎
生活阴暗面常常就在阳光下

爱的密码

他，他，他，她……谁是受害者？
谁能理清是些什么关系？

最终没追，却来到水塘边
拈一块石片向水面掷去
石片在水面上蹦跳几个回合
最后还是沉入了水底
难道这就是石片与水面相依的结局？
不必打捞，也许稍纵即逝

爱与血

两年间,隔三岔五约会
公园、河边,风雨雪无阻
这是个寒暑分明的城市
当事人却偏偏模糊了四季

多么迟钝的感觉!

每次约会,她总喜欢
给他留下点什么印记
这不是,今晚他嘴唇破了
付出了小小的血的代价

多么温柔的牙齿!

小城雨夜

小城也有汽车迪士
他俩却雇了一辆三轮
蹬车的师傅是位花甲老者
一层车帘隔开内外两种感觉

没有雷电，只有雨声
车内虽有声音已被雨声掩盖
雨水从车夫雨帽上淋淋而下
刷下来的不知是汗水还是苦涩

只有路灯目睹他双脚特别吃力
他记得两位男女乘客并不胖
却比平时的双人乘客都要沉
是因为车轮涉水还是坐得不稳

此刻，普天下的冷雨都被引来
裹着一辆踩跶前行的车体
但估计乘车人并不觉得冷清
因为他们是两个人，两个人……

换 装

登山的时候
她的装束很臃肿
小红帽,青色衣裤
一双笨重的旅游鞋
在陡坡拐弯处　他
托了她一把　小心护持
同行伙伴谁都没有在意
只有一个人深深读懂
那含义叫"温馨"

下山的时候
她随手捋下几颗酸枣
悄然递在他手里　他
细嚼品尝　酸酸地
却转化成特殊养分
此刻只有他独自享受
少了些"公心"

爱的密码

晚餐的时候
她整体换装,是她吗?
一袭雅丽的碎花衣裙
端庄的发式　半高跟凉鞋
不见了那个浑身臃肿的矮妞
却有一种沙画般的精致
此际她的目光暗扫旁桌
难道换装是给一个人看的?

他在就餐前致辞——
"这葡萄酒是我们自酿的
目前可能还够不上名牌
在座的朋友不论会不会喝酒
衷心请大家赏光品尝。"
说的是"大家",在她觉得
首先是说给她听的

"火炉"与冰柜

电视气象无声惊呼
山城气温高达四十度
她沉默良久——
"火炉"毕竟还是火炉

可他短讯中却说
别听忽悠,我感觉良好
心定自然凉,心中有数
只要你放心,我就安之若素

他的话,分明是半真半假
为安慰我,他常常故作糊涂
能不热吗,说啥心中有数
赳赳硬汉也抗不住中暑

睡梦中,她将山城搬来
浸在冰柜里清凉个够
然后用特快专递寄回
醒来,脑门上全是冰冷的汗珠!

离婚问题

女友问他：当年
你与前妻为啥要离婚
干吗不能采取挽回的举措？

男友答：最初
觉得离的理由比天大
现在几乎忘了是为啥
似乎……有点不值得

女友稍许沉默，又问
你们谁是过错的一方
换言之，谁应承担主要过错？

男友回答：那时
觉得过错方肯定是她
而现在觉得实在无所谓
真的不好说……

她对他的回答颇不满意
竟留下字条作永久诀别：
"断断续续的两年共处
你奉行的原来是模糊哲学"
拉杆箱拖走了夕阳一抹

她走后，他沉思良久
双方虽未登记，也是一种离异
分手本身已作出答案，作为
婚姻问题专家，她本应认识更深刻

至于谁是过错的一方
结论可能仍是"模糊哲学"：
"既不是她，也不是我"
这婚姻问题，深奥而又浅薄

热恋中人语

只有人在热吻的时候
空气才保持"一级战备"的态势

初恋第一次握手时
电流才是绝对安全的

她和他特想对方时
电话才是无暇计费的

只有进入睡梦过程
时间才恢复了正常体温

最精简的短信

情人节——
短信特邀对方莅临"寒舍"
对方五字回复"我这边有会"

端午节——
短信再邀对方茶艺小叙
对方四字回复"正在开会"

中秋节——
短信约请江边赏月
对方二字回复"有会"

年关将至,一面短信相邀
一面心疑:"那位会不会托词……"
复言只有一字:"会"

石英诗歌新作选

自然人生

钱江潮

是喇叭
却并不自吹
愈是难听
愈要吹出个不同凡响
似山崩
似雷鸣
似万马奔腾
比喻全都苍白无力
普天下的"这一个"
唯独

"之"字形
大曲大折
愈是曲折
愈是风光无限
先富起来的来了
没富起来的能来也来
只不过有的乘飞机

有的乘硬座列车
免得在临终时
空落个涛声惊梦
却要当心
波澜壮阔能带来惊喜
偶或也会伤人

先窄后阔
才更有力度
钱江湖是挤出来的
有形与无形的竞争
究其实——
高山也是挤出来的
大海也是挤出来的
就连杰出人物也是
挤到极处
如同钱江潮头
昂首站了起来!

自然人生

丹霞山阳元石

阳元石,烛天
没有明火,却燃烧着生命
据说阴元石就在附近
彼此却无法靠拢,奈何?
幸而有春雨在上空喷洒
淅淅沥沥细而不绝
冲和着过度的躁烈
也嫁接着大地与苍穹

照相留影者不唤而来
有青春年少,也有中老年
好奇的欢笑,骚动的呼喊
最佳角度成了千金寸土
分秒必争忘记脚下是危岩
是对非常雄性的膜拜?抑是
不便言明的自愧和深感缺憾?

而我也注意到一对中年夫妇

并肩而立,请别人为之留影
那神情平和、淡定、从容
那与春雨相谐的含蓄
都跟整个氛围有所不同
一种顺其自然的涵养
一种内敛而不造作的恬静

此刻
我不便问他们在想些什么
只见二人离去时,还回眸颔首——
好像在说:如果没有春雨
阳元石夜间该多么孤独!

龙虎山羞女岩

是中国式的图腾
不,是原始母亲的留影
那时所有的男女都不着衣衫
镜头聚焦的部位
山岩裹以坚实的镜框
千万年雷电和地震都难撼动

但她不需顶礼膜拜
也不求频频地凭吊
只为留下一种自然
自自然然的状貌与心态
观者少一些卑琐的勃勃
报之以纯净的真实
无声地验证着每一个男人

也许正是她以庄重的静态
才能生下无数动态的儿女
静而不僵,山泉常常渗沥

滋润着不涸的肌体
能量积蓄愈久愈有活力
高龄未必意味着衰老

羞女岩,从形似到神似
观众,从平视到仰视

自然人生

可可西里,一只孤独的藏羚羊

可可西里,埋着珍宝的废墟
胆大妄为者拂晓的天堂
利欲熏心者黄昏的地狱
在这里,孤独者更孤独
高洁者更高洁　仅余的
一腔心血默写无字碑文

我看见,一只藏羚羊
俯身食取稀落的弱草
仿佛远远能听到近于吸吮的咀嚼

简直是一种温馨的吻　我
此时只想护佑　不愿惊扰它
却知羚羊不都是如此幸运
有时冷不防　冰冷的枪声
撕碎了生命中诗的温馨

永远提防永远防不胜防

永远艰危不安中又有诗的宁静
永远寥廓又永远亲近
枪声永远驱不走藏羚羊
可可西里,温馨与悲壮并存
一个撕不碎的独特的梦境

湟水诗意

湟水多情,绿意葱茏
每寸土都滋润得酥松
这可不是韩愈的"天街小雨"
而是被认为贫瘠边地的充盈

暑假中,小院里安坐
葡萄的露珠滴下读书声
姑娘口中动听的"花儿"
在"步步高"花丛中走红

电动自行车飘飞洁白的丝巾
在风力发电站那边摘获爱情
叶片相约悠然地转动
风里夹着"短信",眼里含着星星

这里并不闭塞,窗户向外
温馨的灯光氤氲着晚餐的头影
生活节奏并不那么很快

有足够时间计划明天的里程

夏夜,无声
湟水,有情
诗意,温润
黄土,恋青

青海菜花

"青海也有这么多的菜花?"
多少外来者惊呼中充满疑讶
传说是上天误倒了一桶金液
化解变形,温存地倾洒
又说是捐躯的古代戍边将士
思妇的热泪熔化了太多的金甲

反正是,菜花绝不仅仅独秀江淮
但有温情的地带均可安家
诗人的想象毕竟不等于地理概念
大自然想必有它的公正规划
初来青海的北京女孩欢呼"哇塞"
当地老乡虽然拥有却不喜矜夸

俺多次来此,哪是景物中之最爱?
还是这色彩单一却不觉单调的菜花
单一意味着专一,更何况
视觉里的嫩黄可使人安适减压

但俺心中还有未解开的扣儿
人常说审美容易疲劳,可为啥……

问谁?
谁心中藏有独钟的"特例"
便由自己给自己回答

胡杨林

胡杨林　低垂着
一簇簇　一列列
幻觉中　我忽然悟出
它们是凝结了的驼队

驼队以止步为代价
凝结了——
凝缩了天地的精气
名之为树　其实
与一般的树种不同
既像活着的死者
又像死去的生者
也许正因为这样
它们才无所畏惧
尽管暗算的风沙不离其身前身后

活着的死者最悲壮
死去的生者已成正果

胡杨林是荒漠世界的存在
驼队止步凝结为化石
最后的呼吸飘扬为旗帜

我在沙刀上行走

至少　在此时此地
俗称的沙丘并不确切
漠风的雕镂术够酷
竟能将沙丘镞出锋刀
侧看　有的如打开的折扇
有的更像硕大的贝壳

也许出于好奇
我偏要在这沙刀上行走

看不到终点　蜿蜒着
永远像问号而没有问号
何为终点只能取决于自己
当我无力也无心攀登的时候
其实也没有严格的起点
起点就在无奈返回的地方

我继续在沙刀上行走

并没意识到是一个小小的冒险

直到同行在原地喊我
直到夕阳累得老眼昏黄
直到风沙在胡杨树须发上飘动
我才折返　向着
同行者呼唤的来处
为了不致陷入永远的孤独

不过，当我上了汽车
仍在咀嚼刚才独自冒险的
滋味　有时候
孤独也是一种特殊的享受

秋 分

从这天起,残夏才被扫地出门
作为秋,生性并非如此冷峻
北方的秋天本来就很短
它只是为严冬预警,因为
下一个季节就是霜降,须知
暴风行使霸权,总是急不可待

人们着装也有过渡性特征
薄毛衣、皮坎肩或深色外套
时尚女郎下半身绝薄上身厚重
唯有一个人特立独行,仍然是
长袖衬衣,加一件多兜马甲
职业使他关注霜冻可能夜袭
重在心上,身上自然减负

感应时令却又不拘节令
品尝秋天历炼坚韧的含义
也为感落叶伤怀者做点儿示范

秋分、秋分,分些暖意给道义吧
在公交车座位上加一层棉垫
让无言的温馨从心底缓缓升起

城市遭遇特大暴雨
（组诗三首）

两小时——半年的降雨量

你愿信不信
两个小时
下了半年的降水量
端的做了东方威尼斯
却没有"贡多拉"小舟
只有心在水中起伏

威尼斯重在旅游价值
以河为街，以车为舟
暴雨中的城市却说"不"
假如有哪个旅行社在此刻
亮出什么"特殊观光"品牌
只能使人看到有的灵魂
在冷血中游泳

抢救现场所见

洪水进家,漫过床上的梦
志愿者只能破门而入
新婚夫妇枕着一对变形鸳鸯
小爱心被大爱心唤醒

子弟兵,冲锋舟派上用场
小伙子背上负着九十高龄
白发不再惊悸,黑发冒汗
汗珠下落,击破洪水的凄冷

"我的宠物狗阿伟呢?"
一位女士失神地寻视
身份证的遗失没有使她焦急
最揪心是:"阿伟!阿伟!"声裂四空

无名高地

此时一个土丘
一块隆起的台地
在洪水的疯狂炒作下
瞬息变得寸土千金

一家一户一个据点
一个群落一个临时村庄
入夜,打火机一闪一闪
洪水面上撒满了星星

也许,这是世界上
人口密度最大的所在
联想起半个世纪前一位作者的书
叫作"无名高地有了名"

我的饮酒史
（三首）

酒香诱我

幼时，我家房前屋后
栽植了多种花树
玉簪、月季、丁香
不乏扑鼻的香气
但我被迷醉的却是别种气味
那就是酒香勾出肚里的馋虫

六十度的高粱烧酒
是我县"烧锅"的百年老牌
父亲偶尔买上一瓶
以备逢年过节解解酒瘾
平时将酒瓶搁在后窗高处
酒香却逗得我难以招架
趁爹妈不在时，登上高凳
偷喝一大口……又一大口

日久只剩半瓶，终于败露
父亲责问："是你喝的？"
"嗯"。我没有辩解
自知脸色顿时像蒙上了红布
不必照镜子
事后父亲并未责罚于我
只是瞥我以罕见的异样目光
将酒瓶转移至隐秘之处
从此我不再也无机会品酒
但偶尔还会领教父亲的异样目光
那比呵斥更使我难受的一瞥

尽管如此，我还得承认——
房前屋后的花香代替不了酒香
那镶嵌在我嗅觉神经中的
无形的精灵。虽然
它是我"偷"来的香味

死命令：滴酒不沾

在解放战争炮声中，少年的我
投入人民军队做机要员
机密、快速，还有严格的纪律

个人的嗜好压缩至几近为零
阔别酒味久矣,连想也不再想
十七岁时,因为立功受奖而兴奋
在省团代会闭幕时破例畅饮
一昼夜烂泥般昏睡,在单位宿舍

醒来后才译出一份3A电报
惊出一身冷汗,只差两小时就会误事
小组会上受到批评,我暗下决心——
终生不再沾酒,一道严酷的死命令!

直到1953年7月,朝鲜战争停战
司令部奖给每位机要员一瓶白酒
我在入朝参战的同行小齐烈士像前
泥土中倾尽白酒为他祭奠
几年前他曾向许司令叫过板
有机会比一比谁的酒量最大
如今他走了,长眠在上甘岭以南
虽有金达莱花相伴,却还有硝烟气息
我在千里之外的祭酒　不知
他能否闻到家乡兰陵的酒香?

"吻酒"

不敢拾人牙慧，妄称"廉颇老矣"
但岁月总是挤压青春的空间
我当年的死命令从无半点差池
不仅是人为克制，连感觉也已远离
但外出参加各种活动在餐桌上
总也绕不开劝酒这样的命题
不仅是"劝"，还有怂恿和"逼"

无论茅台、五粮液等名牌酒
还是各类葡萄酒乃至啤酒
我都无例外地婉拒表示谢意
只是在万般盛情难却的情势下
口唇才贴近小杯边沿"意思意思"

为此我被大家戏称为"吻酒"
每使我想到年轻时的懵懂与神秘
"吻酒"——无意间道出了一种文明
它引发出一个似乎不相干的遥远情景
——藏羚羊吮着草叶尖上的晨露

隐去的晨星

　　最近，我重访了大庆葡萄花油田，三十年前作为作家访问团成员来过此处，其中一位诗友与我相约：十年后再来……

多少人却已忘记
而你，却常在我梦中
那红扑扑的面庞
目光炯炯
那诗人与战士的双重个性
连你剃须刀的旋转声
但就是太爱激动——
这让人喜忧参半的激动
它使你成就了优秀诗篇
也使你猝然倾倒于一瞬

三十二年过去了
（比预定的迟了两春）
这里已不再是那片荒原
远来的客人谁也无法辨认

只有那第一架抽油机
似乎还有点眼熟
是那般不卑不亢,不紧不慢
有板有眼、神态悠然地
颔首招迎

三十二载的风雨
早已抹去了故人的足迹
但当我听到任何豪爽的笑
都会在心头刻上更深的印痕
我在油田采访时想到你
在儿童游艺场里也想到你
我和同伴们都坐上了碰碰车
暂时忘记自己的自然年龄
"奶奶"碰"爷爷"
"伯伯"碰"婶婶"
碰落了暮气
拣回了童真

假如此刻你也在
(虽然你已屈届耄耋之年)
你肯定会成为一个孩子
比孩子更天真的孩子

你同时也会引吭高歌
喜颂这座荒原新城

然而毕竟没有你
谁也不能替代和假定
是你没有践约?
还是人生的道路太拥挤
你被阻滞在未醒的梦境?
我带着一丝怅惘
信步走进了书店
在浩茫的书海里
意外发现新出版的
——你的诗歌选集!
我翻开第一页
首篇是《隐去的晨星》
我走出书店
已是薄暮时分
我期待夜晚——
晨星既会隐去
夜晚必会重现光彩

等待是一种幸福
心上也很沉重

你是谁

五十年的老友,他病了
他老伴打来长途电话
这病有一个文雅的别名
但我还是直来直去
挑明了就是"老年痴呆"
我毫不迟疑,乘高铁来看他
一进门,他傻愣愣地盯着我
"你是谁?好像有点面熟"
我无言以对,眼泪几乎涌出
"这位到底是咋啦?咋啦?"

当年,在那个摧残文化的"革命"中
我们同时被揪出关进牛棚
他只是一个科级的"当权派"
我是一个只出了两本小书的"反动权威"
他比我乐观、坚忍
安抚我"沉住气,总会有头"
为防"立功者"打小报告

他授意我倒装或谐音
清华园叫"华清池"
姚文元叫"张文远"
颠来倒去,熬过了颠倒的岁月

新的一页来临,友情更浓
我还是老本行,为他人做嫁衣
他没有被提拔,却学会了
"生豆芽菜"——用五线谱作曲
还能弹钢琴,常与远逝的洋人
肖邦、德彪西在手指上对话

尔今,他突生巨变
他那不带秽语的诙谐
还有《早春二月》式的潇洒长围巾
都被谁偷走了,啊?
他那业余侦探般的过人机警
又被哪个掉包了,啊?
这些,都去往了哪里
去往了哪里?哪里……
"你是谁?好像有点面熟"
翻来覆去还是这句话
对他曾相濡以沫的老伴也是
"你是谁?怎么在我家里?"

无人回应。无法回应

我出了老友的家门。无奈
踽踽走在星光迷离的街道
他不认得我,我却认得他
此际,整个夜空仿佛都在呼应
"我认识你,我认识你?"

当我刚懂得辨别

我并不是一个慈善家
手中只拈着三元零钞
分别投进三只器皿
一个是行乞救父女大学生的木匣
一个是全瘫的壮汉的毡帽
一个是半盲驼背老人的搪瓷罐

几天后,有人告诉我——
那"辍学的女大学生"三年前就
"行乞救父",摊点曾摆遍全城
那全瘫的壮汉该下班了,你看
他飞身扑进了五光十色的夕阳
只有那个半盲的驼背老人
又钻进了烂棉絮搭成的梦乡

于是,我终于明白
谁该救助,也医治我的模糊
在地下通道,寻觅那个半盲老者

几天过去,只有那堆烂棉絮
还有盛钱搪瓷罐,空的
灵魂呢……

大雪中的人生
（代后记）

一

清晨一推门
飘进一绺银须
哦，北方第一场大雪
静悄悄地干活
出门上路
全身白雪
脚下一步一个窟窿

二

没有小卧车
也不骑摩托
四十多年前步行
今天还是步行
四十余年前那时
狞笑戏弄着善良
群魔追踪着孤影

风撕着雪
雪咬着风
风抽打着脊梁
雪灌满了衣领
迎面受阻
倒退着行
半天一个路标
路标叹息着人生

三

今天不同
路牌指示着人生
马路上熙熙攘攘
谁也不是踽踽独行

四

路友真多
摩肩接踵
你不问我去哪儿
我不问你干啥
彼此都心照不宣
何须再问？

大雪中的人生(代后记)

甭说下雪
就是冬天下雹子
该奔波还得奔波
该出门还要出门!
除非龙卷风
天上不会掉下馅饼
除非患偏瘫
谁也不会在家坐等
哦,上公共汽车去
速度就是生命!

五

车站上堆满人群
上车也得厮拼
我虽年逾古稀
身子骨儿蛮灵
车上满是异味
混合着南蒜北葱
肋骨学会了扁缩
鼻息却难以适应
还不如下来
在大雪中练练腿脚

胜过瑜珈功

六
雪还在下
一边下一边消融
泥泞
路好难走
但总要行
路真难走
但还要行……

廉颇老矣 尚能新否?

生命不息,创造不止

求新路上与呼吸同步